당당하게 걸어라
그 길로 길이다

노력만이 살길
실전으로 대비해온 그녀의 길은
가도 가도 가시밭길이었다

이끝순 드림

책을 읽기 전 부탁드리는 말씀

안녕하세요, 이끝순입니다(예명).

늘 저를 먼저 찾아오는 듯한 안 좋은 일들이 저에게로
끝났으면 하는 바람에 제가 만들어 갖은 예명입니다.

여유와 열린 마음으로 읽어 주세요.
한 글자씩 천천히 보아 주세요.

독자님마다 도수의 높낮이에 따라 간혹 이해가 어려우실
때에는 다시 보아 주시기를 난이도 상, 중, 하 중에
난이도를 하에 두시고, 그저 벽이 없는 마음으로 단순한
글만을 마주하며 두 번도 다시 보아 주시기를
부탁드립니다.

책을 읽기 전 당부드리는 말씀

'맞아 맞아 누가 그랬었지' 긍정만 바라지 않습니다.
고개가 갸웃거리는 이야기에서는 혹시 '나였음', '나라면'
그렇게 더듬어 주신다면 긍정의 이야기에는 조금 더 마음이
따끈하시라 믿습니다.

부족한 글이지만 마음을 열어 예쁘게 보아 주십시요.
한 걸음 부추길 수 있는 양식으로 챙기어 주시면
고맙겠습니다.

사랑합니다.
우리의 대한민국을 응원합니다.

책을 쓰는 이유

누구에게나 어깨 위에 두는 머리를 저도 역시 가졌지만,
뭐가 뭔지를 깨달아 모두가 다른 시각들을 가졌을 것입니다.
하지만.

분명한 저 때문입니다. 말이 안 되는 것도 같지만,
이런 저를 매일 마주합니다..

그렇기 때문에 저 하나가 잘 살기보다, '잘'이라는
자리에서 스스로를 만족하기보다, 저 역시 그랬듯,
많은 이들에게 이 마음을 나누고 싶은 것입니다.

세상이라는 남에게서 내 자신을 구하고 좀 더 완전한 자신을
가지도록, 나침판과 지혜랑 요령을 공유드리고 싶습니다.
막연한 이상이 아닌 가능성으로써 우리란 실체를 이루고
싶습니다.

그래서 제가 하고픈 말은 "이것이 옳다", 또는 "이것이
정답이다"라는 주제가 아닙니다.

더욱이 더 좋은 전문적인 책이 많을 거라고 생각합니다만,
분명하게 누구나 목적할 그 바람으로 가는 길에, 현실
가능성이 있으며, 너무 애를 쓰지 않고, 자연스럽게 걸어도
아~하는 깨달음을 좀 더 편하게 유도하고 싶습니다.

공감이든, 동감을 주든 모쪼록 그렇게 끌어내 결국 어떻게
가는지 그것에 대한 경로는 스스로 할 것이되, 부디 최선을
선택하도록요. 그것입니다.

편안한 길을 편안토록 가시길 바랍니다.

결국은 스스로의 생각이고 선택이어야 하기에, 자연스러운
영향이 되고 싶습니다. 그러다 보니 이정표가 아닌 나침판을
목표로 하였습니다.

왜냐하면, 헤매는 이들도 사실은 대부분 답을 알고 있거든요.
그런데 하는 얘긴 정답이라 한들 스스로 헤매는 이들에겐 더욱
삐딱해지게 만들거나 자신을 화살받이로 대하도록 하는 것
같더라고요..

위하는 맘이든 또 몇 번을 얘기하든 그러다 그런 관계와
의식만이 자연스레 자리 잡아갈 뿐.. 그런 대화가 적응되어
혹여 더욱 자연스레 정답이 미운 듯 비껴가게 되는, 그런
계기로 주어지는 게 아닌 건지.. 또 그런 피해도 주고 싶지
않습니다.

그래서 자연스러워야 하고.. 또 '감정을 사지 않아야
할 텐데….' 하는 바람에 오랜 노력을 꾸준하게..
또 긴 망설임 만으로 애를 태우다, 어려운 용기 내게 되었습니다.

진정한 친구로서 당신을 위하는 마음에 자신이 생겼기
때문입니다.

부디 안녕하십시요.
당신의 친구 이끝순입니다…

차례

01. 세상과 대화를 시도한다

세상보다 작은 우리는 인정할 수밖에 없었다.

그럼에도 쉬지 않고 최선의 애를 쓰거늘..

이생에서의 시간이 끝날 즈음에도 모두가 세상을 경험으로 담길 바란다.

이생에서의 시간이 끝날 즈음에도 사람으로서 모두가 온전하길 바란다.

02. 다들 외롭지 않기 위해

다들 외롭지 않기 위해 우리는 거짓말을 멈추어야 한다. 정답이 어디 있느냐는 이 다양한 세상에서 내세울 만한 것으로는 특별함이 찾아 보아도 없는 내가 감히 막연하게 뭉툭한 것들에 대해 책을 쓰는 이유는 다들 외롭지 않기 위해서이다.

특정 관계에서 누구 하나가 너무나 많은 힘을, 진심을, 최선을, 죽을힘을, 용을 서 봐야 그것은 결국 무이고, 그 용을 쓴 한 사람은 끝나지 않은 끝을 마주해야 될 수도 있다.

그렇지만 한 사람이 아닌 몇몇이.. 몇몇이 모여 그들이 되고, 그렇게 많은 사람들이 조금씩 앞선 변화를 노력해 준다면.. 사람은 인정할 수밖에는 없고, 누구나 힘들고 아프다는 세상이란 그 큰 놈이 온기를 품을 거라 믿는다...

답이 있을 거라 믿는다. 방법이 있을 거라 믿는다. 문제가 있으면 답도 존재하리라 믿는다. 누구나 힘들고 아픈 세상이 아닌 어렵고 번거롭더라도 진심을 걸어 결국 그것이 통하는 세상이기를..

막연한 믿음을 가능성으로.. 기적을 바라는 희망을 품었다. 맞고 틀리고 알고 모르고, 그보다 내가 바라기는 딱히 많이 어렵지 않고, 아프지 않고, 너무한 힘을 들이지 않고, 변화됨에 함께라면 조금이라도 편하실 듯..

우리가 성장했다 함은 이 세상이 내가 주가 아닌 것을, 그 수많은 중 단지 한 사람이라는 것을 깨달아 알았을 그때이기에 과연 그것이 하려고 노력합니다.

그 수많은 사람 중.. 한 사람, 한 사람이 모여 결국 이 세상이기 때문에 나는 내 뜻을 보아 주시는 독자님을 세상이라 바라본다.

03. 외로움

혼자기에 외로운 이는 누군가를 만난다면 이라는 희망이
곁에 있고, 심심한 시간이 따분하다면 또 내가 만날
누군가를 위하자는 기특한 뜻을 시간에 내어 준다면
나를 계발하는 시간들이 나의 외로움을 달랠 것이다.

둘이 있어 외로운 것은 없다. 둘이 아니고 혼자이기
때문이다. 옆에 누군가가 있는데 외로울 수는 없다.
여전히 마음이 혼자이기 때문이다.

옆에 누군가를 두고도 혼자라며 외로움에 시달리는 그가
있다면 허탈함을 동반한 어려움이리라..

이 많은 어려움을 들고 외로워하지 말고 방법을 찾아라.
답이 있다. 답을 찾는 중 지쳤다면 산뜻하게 싸워라. 절대
혼자서만 앓지 마라. 혼자서 끙끙 외로운 중이라면 당신
옆에 있는 그 역시 암담한 외로움을 맞이하고 있을
것이다.

그런데 나는 어떤 외로움을 맞고 있는 건지.. 나라서
까마득하니 어려운가 하는 이 문제에는.. 내가 아무리

알짱을 거려 봐도, 나에 대해 팔짱만을 단단하게 낄 뿐..
아무도 물음표를 띄워 주지 않는다..

04. 잘 싸우는 비법

싸우는 취지는 언제나 해결만을 기어코 찾으려 하기에
사사로운 것들은 내려놔야 팩트 전달이 충분해진다..

들어주는 귀,
편안한 마음,
세 번 이상의 호흡을 도와줄 입,
넉넉한 시간, (싸움도 집중 필수)
나 자신을 제어할 브레이크.
(부모님, 종교, 현실, 자녀 등등)

05. 모두가 외로운 이유는?

슈퍼 바쁨 속에서
사회보다
도덕보다
우리 함께가 아닌
「나」 하나
개인의 이익만을 찾기 때문.

06. 생각 안에 답은 있다

근본을 벗어나지 않는 생각을 해라.
답이 있다.

답은 문제보다 분명 먼저 존재한다.
생각을 게을리하지 마라.
생각을 하지 못하는 사람은,
동물 중 제일 흉악스러운 동물이다.

07. 제1의 감각, 생각

생각은 정신이 하는 실전이며 수련이다.

생각은 눈이다.
수련으로 시각을 넓힐 수 있다.
생각은 귀이다.
수련으로 더 많은 소리를 찾아 들을 수 있다.

생각은 제1의 감각이다.

생각으로 짚어 봄에는 감정이나 대부분이라는 것이 주는 예시 등, 자신이 하는 설정이나 방향 유도등을 조심해라. 확실한 기억 속에서 사실만으로 되짚고, 또 항시 깨끗한 저장을 위해 자신의 많은 바라기를 늘 비워 버릇해야 할 것이다.

08. 제2의 감각, 긴장감

제2의 감각은 긴장함으로 가질 수 있다.

긴장감을 버릇 들여 장착시켜라.

긴장감은 욕심으로도 가질 수 있고 두려움으로도 가져 낼 수 있다.

중요한 것은 그것을 버릇으로 장착하면 늘 나의 감각 중 하나로서 의식하지 않아도 편안한 감각 상태로 작용한다.

긴장감이란 무한의 보따리이다.

필자의 경우 집중력, 시력, 청력, 기억력, 용기 가슴 등의 향상을 경험 하였으므로 노력으로 얻을 수 있는 감각 두 가지를 말씀드렸다.

그리고 0.001 초의 시간을 더 가진 것 같기도 하다.

앞에서 말씀드렸던 긴장감으로 발생할 것들의 시력과 집중력이 만나 가능하였을까?

아주 짧은 시간의 흐름 속에 무엇을 캐치하고도, 긴장감이
본능에 명석함을 더해 주었음인가?

필자는 의식 없이 그것들이 기억에 남아있어 필요시
떠올려 찾아볼 적, 그것들이 해결의 열쇠를 주곤 했다.

09. 성숙 vs 미성숙

나의 선택

삶의 무게는 날 성숙시키고 그렇지만 모두 바라기는
미성숙이 즐겁다.

빠른 성숙의 지름길 -〉 스스로를 약정, 제어함을 수로써,
늘상 갖는 실전에 진지함은 빠른 성숙을 돕는다.

10. 빠른 습득 노하우

빠른 배움의 습득 노하우는 분별하지 않기, 그리고
좋아하기, 따르기이다.

그리고 사람을 무한의 보따리라고 하는 가능성의 요지는
나 외에 더해지는 사람이며, 사랑함에 분명하다.

11. 사업하시는 분들께..

요즘 오프보다 인터넷 구매가 더 활발한 때에
판매자분들의 이상한 한국말로 어르기, 타이르기,
우기기 등 사업도 아닌 장사도 아닌 영업은 더욱 아닌
지극히 어설픈 팔고보자 식의 판매 방정식.

친일파같이 벌어서 그나마도 떼부자 되신 뒤 반드시
행복하실 확신이 없으시다면, 세상.. 그것이 아픔을
누구라도 피할 수 없듯, 모든 것은 메아리로 다시 당연
되돌아옵니다.

경계심 두려움 다시 또 가시 두드리듯...

판매자, 구매자, 소비자, 영업자, 직장인, 사업자, 어떻게
다르고 무엇이 달라야 하는가를 다시 짚어 봅니다.

직장인- 자신을 요구된 질서에 맞추어 자신의 무엇을
채워가겠고,
사업자- 사람을 채워 그것을 얻어 가기로 합니다.

나 정도쯤이야.. 하며, 자신을 그 방향으로 두지 마시길 원합니다.

편들고 갑니다.

- 참으로 뿌듯한 하루이시길 -

12. 마음의 준비 자세

사람은 마음에 자세를 대비해 둠에 즉시 그 반응을 갖는 것 같다.

세상 살며 누구도 피할 수 없는 무슨 일에 안 다치려는 마음을 준비치 말고, 당당할 자신을, 자신이 바라는 자신을 챙겨 두자.

그렇다면 마주한 무슨 일마다 배울 것을 찾아 남기리라.

지금이라는 시간 역시 나라는 사람이 만들어지는 중이기에 귀한 자신의 인생을 아끼지 마라..

당신의 역사는 아직 기록 중이다..

13. 주문

최선을 버릇으로 가진 사람.
오늘도 외우는 주문.

나는 나를 다스린다.
나는 뭐든 다스린다.
나는 나를 다스린다.

나를 다스리는 사람을 움직일 수 있는 것..

그의 의지고 선택인 것.
최소한 홀로서기를 한 어른인 것이다.

흔들리지 마라는 것이 아니다.
반응하지 않는 삶은 죽은 것과 같다.
잠재운 것은 다스려낸 것이 아니다.
반응하지 않는 삶은 죽은 것과 같다.

14. 나와라, 가제트 귀

잘 듣는 사람이고 싶다면 깨끗한 귀를 준비해라.
듣는 것에 집중하지 않는 시간에는 소음을 차단해라.

시청하지 않는 시간에는 TV 소음도 차단하고,
잠들 적엔 귀도 조용하도록 잠들라.

---> 사람의 말소리가 귀담아 들리게 된다.

15. 요즘 세상

요지경 세상

내가 빌리든지 주었든지 얻었든지 뺏겼든지..
갑과 을의 뒤바뀜..
의도하에 다시 써지는 시나리오
누구도 피할 수 없는 세상
그 이름은 요지경 세상

16. 세상의 오류

세상에 오류로 인한 삶의 오류다.
그것이 현재 사람의 오류가 됐다.
내가 하고 싶었던 것이 이것인 것만 같다.

우리 엄마 아버지... 늘 그 탓하면서, 아주 어렸을 적부터 매우 그 탓을 간절히 바라면서 무조건으로 여태까지 온 거다.

아침에 눈 뜰 때 울고 있고, 몸땡이에 힘주려고 하면 또 눈물이 나지만, 오늘은 자고 일어나니 목표했던 두 권보다 한 편, 한 글자의 맥락에 소스를 지난밤 잠에서 어떤 것을 얻은 듯 든든하다.

'안 울어야지, 왜 자꾸 우나. 산타 할아버지가 선물 안 주시는데..'
'나는 안 주던데...'
'산타가 있다 하데?'
'아, 정말? 흥, 그럼 나는 산타랑 안 놀아야지.. 흥.'
(나를 드러내 드리고 싶어서 중얼거린 혼잣말을 적어봄.)

주고받는 셈식의 작은, 아주 작은 오류가 큰 방향 차이를 갖게 하는데, 그것이 아주 작기에 알아볼 수조차 어려운 것이 각기 다른 지금 우리의 문제이다.

사람과 지내기에 있어, 인간관계에선 더하거나 빼는 식의 셈을 재면 안 된다.

---〉 인정을 잃게 된다.
주는 것을 받음에도 표현으로 선택하는 당황함까지도 만들어 낸다.

받은 것에는 기뻐하며 감사로 두고 갚으라.
주는 그것에는 나를 채우며 주어라.
돈은 그렇게 나를 완성시키는 수단이다.

그렇게 지냄에 인정과 용서를 줄 수 있는 자신이란 사람이 할 것이며 순수와 사람의 기쁨을 알게 되리라.

그러므로, 이런 사람과의 지내기는 가까운 이웃으로 주고받음에도 분명 대수롭더라도 선택으로 하여야 하고, 자신이란 그릇 또한 자주 조사하고 체크하는 하루를 들추어 스스로에겐 그렇게 주제를 정하고 확인하며 자신에게서는 감사를 얻어야..

주제와 분수를 스스로 감사로 아는 자에게 이 세상은 분명,
그 모든 것들은 늘 너에게 무엇이 될 수 있다.

그리고 자신의 의지로 인한 관계가 아니라 해도 되도록
지낼 가슴을 열어 놓아라.

그것이 세상과 살고 있는 너인 중이니라..

17. 그렇게 돌아보지 않기

남을 위해 한 시도나 노력은 그렇게 돌아보지 않기로 해야 한다.

결과의 값이 만족치 못했다 하더라도 자신만을 감싸 안으며 부정적인 시선으로 남만을 돌아보지 않기로 해야 한다.

그렇게 편애한 자신만을 다짐하는 것 같은 각오는 정말 조심하기로 해야 한다.

그 사람과 같은 사람이 아님이 뻔하여도 점점 모르게 된다.

사람이란 가능성들을 버려 스스로 자신만을 배워 갖게 됨이다.

그 또한 고립이다.
자신만의 다양함에 스스로 갇히지 말라.

18. 6년 만의 외출, 터미널에 앉아서

먹고 싶은 것을 참아가며 멋진 몸매를 위해 쉬지 않고 자신을 다스리는 힘.

볼 것이 없는 몸매에도 자신을 드러내는 용기의 힘.

그 마음에 힘들이 모여 조건 없이 모두를 예쁘게 볼 수 있다면 우리 사람들은 그 힘으로 합쳐 무엇을 해낼 수 있을까.

6년 만의 외출, 터미널에 앉아서...

19. 한글의 부재

나는 인생을 실패한 패배자다.

어릴 적부터 남보다 알아듣는 이해력이 부족했고, 또한 응용력이 없어 기역 자를 엎어 니은으로 두면 알아보지 못했다.

그래서 어쩔 수 없이 남모르게 선택한 것은 남다르게 낮은 자세로 열심밖엔 답이 없었다.

열심히를 반복하다 보니 진심이라는 말 또한 알게 됐다.

그렇게 열심과 진심을 무기로 장착하고 어울리고 살기를 지금껏 아등바등했지만 내 어떤 것이 특별했던 걸까.

친구 하나 얻지 못한 훗날, 지금에.. 늘 미움만을 샀던 내 말에 대해 감히 세상과 대화를 시도한다.

유명한 철학가 어록들도 보면 다 쉬운 말이다. 누구의 말이라고 어렵던가.

듣는 시점에 따라 그가 누구냐에 따라, 혹은 내 기분에 따른 감정으로, “나 그거 원래 알았는데?” “몰랐는데?” “생각했던 건데?” 또는 “아~~~”라고 이제 알았음의 감탄사를 반갑게 뱉고 돌아선 사람이라도..

또 어떤 이는 붙잡아 구하는 듯한 구구절절한 설명을 단지 지내기를 바란 그에게 필요한 무엇을 사전에 당부와 함께 건넸음에도 그 누구도 편하기만 한 감정으로 세상과 남을 쉽게만 대하기를 자신이 갖은 색안경의 시선 너머로 나를 날카롭게 표적하였다.

물음표에 쉬웠던 내 답이 언짢거나 감정을 상하게 한 것.

이것은 한국어가 모국어라면 모든 국민이 함께 고민해 봐야 할 한자를 잃은 현재의 한국어가 가진 숙제가 아닐까 싶다.

생각을 해내지 못한 말은 분명 몰랐다는 것을, 또한 딱히 설명을 할 수가 없다면 그것은 알지 못한다는 것을 인정해야만 그제야 배울 수 있다....

배우는 기초 중 기본자세는 모른다고 인정한 상태가 아닐까?

생각을 하지 않는 말은 죄다 소리일 뿐이다. 받아쓰기
시험을 그림으로 그려 내는 것.

우리나라 한글이 위대한 한글이지만 한자를 잃은 한글은
자음 19개 모음 21개 총 40가지의 기호로 한국어는 모두
알아듣고 쓸 수 있다.

그렇기 때문에 누가 하는 어느 말 또한 듣는 시점에 따라
쉬울 수도 어려울 수도 있다는 것이다.

사람과 사람이 맞물리며 다듬어져야 할 것인데 매너라는
이름으로, 배려라는 듣기 좋은 가식 속 각기 지병으로
곪아 가고 있다.

위대한 한글이 한자를 잃고 사람은 소통을 마다하며
그들로 가득 찬 세상은 본능과 본성의 목소리만 커져 간다.

미움받을 용기..
아 이 막연한 가슴아...

20. 무조건 참지 마라

참지 마라.
참는 것은 최선도 또한 능사가 아니다.

같은 사람이기에도 알 것이라 참으며 넘어감의 그 끝에는
결국, 그래도 되는 사람이란 의식과 버릇만이 남아 갖는다.

대화의 의무감을 갖고 소통에 노력하라.

주어 버릇하면... 받는 버릇을 갖는다.
알아주어 버릇하면... 늘 알아주길 바란다.

21. 자신을 위한 정의를 포기하지 마라

인생은 누구나 어렵고 힘들다.
이것은 주로 나로 인해 발생된다.

그렇다면 이들을 마주할 때마다 나를 돌아보고 고칠 것.
나에게서 탓을 찾자 그래야 내가 나아가므로..

하나 살면서 주의해야 할 것은 너무도 정당하지 않은 자는 피할 것.
억울한 가슴은 폭탄을 안고, 의욕을 잃어버리면 다이.

너무나 나 외의 많은 것들에 편들어 주기를 하면,
나 자신을 잊어버릴 수 있으니 주의할 것.

좋은 게 좋지는 긍정을 닮은 포기와 회피. 그것은 절대로
위험한 발상이다.

나쁜 것, 틀린 것, 잘못된 것에 대해 남뿐만 아니라
자신에게도 스스로가 단호하게 대해야 한다.

보자, 보자 두고 보면 정말이지 한도 끝도 없는 게
사람이라고.. 정말 내가 소중하다면 뭐가 옳고 그른지에
대한 정의를 포기하지 마라.

22. 인정과 양심의 행방

사람은 즉각 반응하는 상대성 동물로서,
동물 중 제일 동물스럽다.

자신이 하기 싫은 것, 해야 하는 것.
자신이 그랬어야 하는 것에는 왜 그럴 수밖에
없었는지를 떳떳히도 들지만,

남에게는 '절대'라는
요지부동을 굳힌다.

23. 여성을 조건으로 만족시킨다면...

→ 섹스를 교감이나 의식 등의 감정이 주는 팩트를
잃어버리게 하고, 싼마이 접대 체위에서만 만족하는
의식과 성취감으로 그렇게 자신의 성을 바꿈 하게 된다.

외로울 땐
외롭다면 외롭게 두어라.

가식에 만족하면 진짜와는 멀어진다.
가식은 끝없는 갈증과 변형, 질린 지침을 데려온다.

24. 야동 시청에 잃어버린 그 시점

야동 시청 방법

건너뛰기로 살색이 화면을 채우면 무언가를 뒤지듯
구간이동과 재생의 반복..

목욕탕 분위기로 자신의 성을 대하지 마라..

앞전에 얘기한 가식에 체위를 대접받기로 젖은 의식으로
자신을 착각함에 또 그것에 만족하고자 쫓은 결국
눈 따로, 손 따로...

사실 제일인 묘미는 감정이 주는 감동인 것을..

그렇게 분위기와 교감이 가져다주는 진짜 묘미로부터
멀어져, 야동에서마저 체위에서 흥분을 찾아 방황하는
자신이라면...

외로움으로 자연치유가 가능함을 알려드리며, 야동을
즐기고자 시청함에 팩트는 역시 자신의 감정을 기분으로
끌어올린 공감이든 동감으로 이끌어야 하기에

여성 배우에게는 “하고 싶다”라든지 혹은 남자 배우에게 “좋겠다” 등의 감정으로 공유하시기 바랍니다.

(@ 잦은 5형제와의 만남은 알고 맞춰 주는 자신의 속도와 압력을 적절함으로 주기에 실전 시 감동이 떨어질 수 있음을 알려드립니다.)

오롯이 야동만을 즐기거나, 무엇에 쫓겼든, 막연하게 다 알듯, 혹은 잊고 살듯 뭉개기를 하시는 분들께 야동 시청 방법을 말씀드립니다.

25. 부부들의 성

지금 대한민국의 부부들의 성 얘기를 들은 적이 있음에 말씀드려봅니다.

상대와 오형제 중, 적은 감동의 5형제를 자주 만나신다면..

서로를 위해 자신이 할 수 있는 노력 중엔 자신의 성을 외롭도록 기다림을 가짐으로써 좀 더 순수한 자신을 준비시킬 수 있다는 것을 말씀드리며 그럼에 이유는 그것의 제일인 진짜 묘미는 감정이 감동으로 그것을 인식하며 오기 때문입니다.

그렇기 때문에라도 내 사람보다 다른 사람이 더 좋을 수가 없답니다. 모든 것에 진리이듯 불변이 확실함은 있기에도 자신을 건강토록 두시길 바랍니다.

-〉 옷방이나 서재 혹은 운동방이라든지 그런 여유 방을 갖으실 수 있으신 분은, 부부가 사랑만 하는 서로만의 공간을 갖기를 추천드립니다.

무엇이든 노력 없이 얻을 수 있는 것은 없고, 노력 없이 얻어진 것에는 가치를 모르기가 쉽기에..

부끄러움 또한 수줍음으로서 즐기시기 바랍니다. 그리고 용기는 선택으로 내지 마시며 노상 내 버릇하면 간이 커집니다.(용기 있는 사람이 됩니다)

분위기도 내는 것이고, 분위기로 인한 서로의 감정과 기분도 함께 노력으로 하면 그다음도 즐겁게 받아들여집니다.

분위기 아이템으론, 캔들이나 스마트 전구(소리에 반응하는 색 변환 전구), 천장 캐노피, 벽면 치장용 아이템으론 거울, 또 큰 비용이 들지 않도록 은 원단 자체로(한 마, 두 마) 꾸미는 것을 추천드립니다.
(자주 바꿔주시는 것도 좋아요)

벽면이 상하지 않도록, 캐노피 치장은 봉걸이를 추천드리며, 벽면 꾸밈으론, 원단 가측 부분에 벽지핀으로 고정하셔도 좋고, 테이프를 사용하시려면 벽지 손상이 없도록 의료용 픽스롤을 추천드려요.

(재질에 따라 다를 수 있으니 조금 붙였다 떼 보세요. 또 오래 붙여 놨다가 테이프가 습기를 머문 후에 떼시게 되면

벽지 손상이 갈 수 있음을 알려드립니다.)

원단이 무게가 있다면 넓은 폭의 테이프를 사용하시고
벽지핀 사용 시 원단이 길거나 무거울 시 중간중간에
원단이 쳐지지 않게 벽지핀을 가까운 간격으로 꽂아
주세요.

상대방의 호응을 기분 좋도록 유도하세요.
(거만하게 받도록 말고)

예쁜 사랑 만들어 가십시오.
사랑합니다.

@ 사랑하시는데 ㅅㅈ 직전까지만을 남성분께서
노력하신다면 순수해지는 데 분명 큰 도움이 됩니다.

19금 책이 아니기에 이렇게만 말씀드리며 이야기를
마치겠습니다.(후에 출판 예정)

(전신 스타킹, 코스프레 등도 부부기에 할 수 있는
놀이겠습니다.)

남편만을 위해 꾸미는 것은 아내만이 할 수 있는
사랑스러운 용기라는 이름의 사랑 표현의 특권입니다.

26. 글을 쓰는 이유 중

가진 그들이 행복해하지 않고 받는 그들이 감사를 모를 때마다 주제에 세상 따위 걱정하지 않았다.

보통 사람으로부터 또는 저 덩어리에서 소외될 적마다 이만큼이나 물러나야 했던 것이 세상을 겨루게 한다.

세상보다 작기 때문이라는 나와 같은 사람들의 편을 들고서 몇 번에 감동 끝에 작은 몇 개라도 던지고 싶은 욕심에 다시 연필이 방향을 돌린다.

27. 착한 척하지 마라

너는 이상하지 않다.
진짜로 사실을 살자.

착한 사람들 속에서 그들과 지지 않으려, 착한 척하지 말아라.

그것을 계속하게 되면 너의 진짜 진심이 무언지, 점점 멀어지게 되고, 너와 멀어진 진심은 외롭기 때문에 그 상황이나 순간에 외롭지 않으려 가벼운 감정들을 갖다 들기 시작한다.

그렇게 스스로 잃어버린 너의 진심은, 무슨 이유였는지를 스스로가 닫아 버렸기에 너로부터 도태되어 세상과 사람들이 막연한 두려움으로 바뀔 것이고 너는 그것들을 의심의 눈으로밖에 볼 수 없게 되리라.

드러내라.

드러내도 네 진심은 딱히 나쁘지도 그렇다고 이상하지도 않으므로 인정으로 이해받으라.

너 역시 인정을 베풀지며 그렇게 소통으로 세상을 그들과 살라 하라.

28. 매일 이별 중인 당신께 (위로)

위로 드립니다.

무한한 듯한 이 죽일 놈의 외로움..
우리는 늘 이별하며 살고 있기에..

어제의 나의 수고와...
어제의 나의 생각과 고민과...
과거로 가는 우리의 시간

그래도 뭐니 뭐니 해도 지금이
제일인 것은 언제나 분명합니다.

시간과 함께 다시 못 올 오늘도
곧 어제가 되겠지만..
내일을 오늘로 만나며 보내는 것이므로
남는 미련이 없도록 지금을 대하시기 바랍니다.

자신을 위한 최선을 아끼지 마십시오.

과거와 미래를 만나게 하는 오늘,
오늘도 반드시 행복하시기 바랍니다.

29. 삶에 최선을 다하는 법

사실 필자는 책을 쓰는 것을 오래전부터 목표했었는데, 정말 A형이라 용기가 없어서 그랬는지, 실행이 너무 어려웠던 이유 중 또 하나는 나의 글에 확신을 가질 수가 전혀 없었기 때문이다.

공자님, 맹자님들 말씀이나 도덕에 가까운 이야기는 절대 내 성향이 아니고, 현실적인 이야기, 사실 가능한 것들을 이야기하고 싶었는데 평생을 연구하듯 살아왔지만 내 현실과 주위를 보면, 내가 너무나 조언이 필요한 사람이기 때문에ㅋㅋㅋ

그렇지만 분명 수십 수백 번을 짚어 봐도 내가 어째 볼 부족한 부분은 나는 찾지 못했고, 어디서도 진 적은 없으며, 그리고 나는 분명 하루도 빠짐없이 최선으로 살았다.

뭔가 불태운다는 거.. 최선을 다해 산다는 거...

운동선수가 아니고서야, 특정 한 분야가 아님에 삶에서 최선을 다하고 사는 것, 사람이 자신에 삶에 최선을 다해

봄은 끊임없이 이해를 구하는 것일 것이다.

그러니 세상 무슨 일이나 남이란 사람에 대해 대화나
시도를 포기하지 말고, 늘 이해를 구해 받아라.

당부로 드리고픈 것은 살면서 불편하고 괴로운 것에
자신을 잃어버리지 않길 바란다.

불편하고 괴로운 것에 자신을 그냥 두는 이유는
무엇이길래, 자신이 얼마나 귀한, 누구일 줄을 알고...

당신의 열정을, 당신의 이해를 스스로 잃어버리는 일이
없도록, 자신을 잘 챙겼으면 좋겠다.

같은 한 세상을 사는 친구로서, 당신의 의지와 바람을
응원하지 않을 수 없다. 파이팅!

30. 아이를 마다하는 이 시대의 부부님들께

물려준 것들을 그대로 받아 반은 나를 닮은 내 모습을
들고, 나를 부모로 삼고, 나를 성장 배경과 밑거름으로
자라나는 나의 분신 나의 아이들.

무슨 부귀영화를 약속받았다고 자신의 부모에게도 내어
주지 않았던 모든 것들을 늘 절반 이상을 뚝! 떼어
아장아장 잘 걷지도 못하는 어린 핏덩이한테 내어 주어야
하는

부모들은 다들 그런 거라고 세상이 하도 당연하듯, 안
그러면 이상하듯, 떠들기에 그런 척이라도 하다가 진정
애틋한 그런 마음 조금씩 키워 가면서 다들 그렇게 세상에
머물며 나를 향기로 품고 그리워해 줄 나의 자식.

안 주면 쫄려 죽고.. 없어도 등쌀에 죽는다고들, 요즈음
이제는 자식 갖기도 선택인듯 마다하시는가. 그 자식은 내
평생에 죗값을 절반을 늘 덜어주는 그런 힘일지도...

사람을 사랑하는 것은 누구의 특별함이 아닌, 또 누구의
선택이 아닌 모든 사람의 숙제일지. 그리하여 가족으로

합하고 자식으로서 그것이 좀 더 수월토록 그렇게
사람들로 지내기를 익혀 가도록..

이 좋은 세상에 너무나 많은 것들을「자신」안에
스스로 가두어 버림에, 버거운 선택으로 고민하며 살지
마시게.

부디 사람답게 살아 내길 바라네.
사랑하고 부러워하고 있네, 이 사람아..

31. 훌륭한 아이로 길러 갖고픈 부모님들께

무조건적인 사랑은 주제만을 만들어 줌이다.

부족한 자신인데 성급한 마음만으로 준 사랑의 댓가는 결국, 내 아이를 숙제라는 집으로 만들어 사회에 내놓는 셈이다.

가정이란 결국 사람으로 살아가는 것에 대한 사회보다 먼저 배움을 시작하는 구성으로서, 유년기의 보고 듣고 느낀 것으로 사람은 평생을 살아간다 해도 분명 과언이 아니다.

부모는 자식에게 무엇을 깨닫고 배워 갈 수 있도록 인정하는 법과 양심을 갖도록 책임이란 것, 또 그것이 미침에 이해와 마음 자세, 그리고 나 외에 남을 마주함에 예의와 배려에 대한 것의 경우와 선, 그리고 스스로 선택과 집중을 버릇으로 가르쳐 내길 바란다.

아이와 부모 사이엔 인정하는 대화가 중요하며, 대화에 앞서 진심으로 들어 줄 것, 관심 전에 부모 역시 성숙한 어른이어야 할 것, 아이의 시선으로 배우기 역시

게을리하지 마라.

그래야 아이가 하는 말 외에도 아이 내면을 알아볼 수 있고, 말을 전하는 교육보다 부모의 삶이 교과서라는 온전한 것을 알아야만 아이에게 지도를 줄 수 있다.

그러므로 아이뿐 아니라 이미 부모 역시 훌륭해야 한다. 아이가 감당키 어렵게 훌륭하기에 힘들게 자라나는 것이 아닌 것이다.

아이와 부모와의 관계에서 역시 아주 중요한 것이며, 사실 모든 사람에게 중한 것은, 감정과 의식을 가진 인간이란 동물이 사람스러울 수 있도록, 또 사회에 나아가서도 내 자식이 사람으로서 아름다울 수 있도록, 가르쳐야 하는 아주 중요한 이것은 바로 재어 볼 수 있는 줄자와 공정한 셈의 계산기를 갖도록 하는 것이다.

그래야만 감정적인 것이나 사실에서도 올바른 감정이 반응함에 고마운 것에는 감사로써 자신을 응원시킬 것이고, 미안한 감정에는 자신이 옳도록 받아들임을 선택할 것이다.

착한 사람 되라는 말이 그를 만드는것이 아니라, 이런

이해 속에 그가 성립되는 것은 진리이다.

착한 아이가 훌륭한 아이가 되어 잘 사는 것 또한, 사회가 사실이어야 하는 정의론과 같다.

세상과 사람에 지지 않는 단단한 아이를, 결국 스스로도 아름다울 귀한 그를 부디 부탁드린다.

부모는 당연함이요, 어디서든 누구든 충족시켜, 반드시 아름다우리..

32. 소중한 사람

맞는 게 안 아픈 사람 없듯, 혼나는 게 안 무서운 사람은 없다.

혼나는 것이 얼만큼의 싫은 고통인가에 비례하는 '싫다', '와, 두렵다...' 나 자신을 혼낼 수 있는 사람은 누가 있는지, 그 누구는 또 나에게 얼만큼의 무게인지가 큰 관건일 것이다.

대부분 자신을 혼낼 수 있는 사람의 의미가 자신의 무엇보다 나약한 경우의 이들이 또 감옥에 많이 가 있지 않을까?

자신을 혼낼 사람은 누가 있나, 스스로를 위해 그 소중한 대상을 찾아 다시 한번 귀하게 두고, 진정 자신을 위하기로 결국 남을 스스로의 의지로 자신 만큼의 무게로 사랑해야 한다는 뭔가 뜬구름만 같듯한, 떠도는 그 광활한 이야기들의 뭉태기 중에 대해 들었던 물음표들 중, 이것이 그 한 가지로 뒷받침되어 줌이 분명하다.

그리고 꼭 누군가가 있지 않더라도 스스로도 그것을 만들어 가질 수 있으며, 사람인 본분으로 소통에 대한 노력은 우리 모두 포기하지 말기로 하자.

33. 우리 대한민국 공직자분들께

직원으로 취직하시면 주인이 있거나 없거나 그의 일을 자신의 일이듯, 자신의 살림이듯, 이것은 약속을 하고 말고 계약 따위가 아니고도 사람이라 있는 인정이기에 당연한 인지상정일 것입니다.

판검사님께선 사건을 헤아려 그들을 판결하시기에 정의와 민주 앞에 계셔야 하는 것 또한 지당함으로 알며 모두의 의식 또한 그럴 것입니다.

대한민국 경찰이 제일 가까운 행정으로서 법을 집행하며 시민들을 맞닥뜨리기에 역시 나라를 위한 것은 군대이고 시민을 위해 정의롭고 국가와 시민이 가깝도록 친절하시기는 나름의 노력으로 주셔야 옳다라고..
모두의 의식 또한 그럴 것이고요.

"의사가 수술하라고 해서, 의사가 검사받으라고 해서.."

그렇지만 또 유명한 그런 말이 있지요. 토마토가 몸에 좋기에, 토마토가 빨갛게 익어 갈 때 즈음엔 의사들의 얼굴이 빨갛게 익어 간다라고...

그렇다면 사실은 의사는 의료 행위로 돈을 버는 사람일
뿐이라면, 또 모두에게 그렇게 말하고 알리고 해야 맞지
않을까요..?

이 세상이 좋은 세상이라면 반드시 누구라도 좋을
이 세상의 주인은 우리나라 국민 모두입니다.

대한민국 공직은 일당백이죠.. 나무로 치면 뿌리일 것이고,
사람으로 보면 뼈대일 것만 같고... 평등은 인권에 있는
것이지 대한민국 공직은 계급 사회가 아닙니다.

위아래가 체계와 조직적이지만 임무와 역할이 다르고
부딪침에는 직급을 따르고 한다 한들 절대로 틀림없어야
할 부분들을 공부로써 배우고 시험으로 통과하여
그 자리에 있으실 것이라 압니다.

대한민국에 공직이라면 시민 누구라도 한 분, 한 분을
국가로서, 그렇게 시민은 공직을 바라볼 것이고
또 누구라도 그렇게 알고, 간절히 그리 보고도 싶어 하며
그런 소망과 염원으로 믿고도 보아지는
공직자분들이십니다.

그런 대우와 시선과 혜택과 그리하여 가지신 권한이며,
그러셨던 자신을 부디 놓치지를 마시옵고, 인정으로
친절함으로 국가를 시민과 가깝도록 하여 주시기를..

진정한 민주국가가 아름다운 대한민국을 베푸시옵고,
모두를 위하신 일을 하신대도, 사람이라 힘이 든대도,
선택하심이 자신이시고 그렇기에 발생되는 것들은
마땅함으로 견주시며 결국 승리하시길..

그런 강한 자신과 당신의 인생을 부탁드립니다.
모두를 위한, 모두에 대한 자리이니 말입니다.

권한 안에서 마음대로 하기로, 그러시기로 부여받은
그것들이 아닌 것을 알며 기억으로도 아실 것입니다.
세상에도 사람에게도 소신을 지키어 아름다워 주시길
부탁드립니다..

사랑합니다.
대한민국을 응원합니다.

34. 우리 대한민국 경찰분께

임무가 역할에 따른 체계와 조직, 그리고 분담인 것이지,
한 분, 한 분은 시민에게 국가로서 보이기에 바라보며
의지드린다는 말씀 드리고 싶습니다.
책임과 사명으로 끌어 주십시오.

경찰분께..

1. 사람이라 있는 감정을 가지고, 법과 사람, 막중한
사명감에 자신의 것인 마음 그리고 감정은 어떻게
두십니까... 엄격한 룰로 인한 사람에게 편을 두지 마시고,
모든 것을 맞다 틀리다를 흑백으로만 바라보지 마시고

(제안) 권위와 인정을 함께 가지시어 감정이라는 것에는
좀 숨통을 열어 두셨으면 좋겠습니다.

(설득) 개인보다 좀 더 멀리 뒤에서 보면 사람이 로봇같이
사는 세상일까 염려합니다. 평생을 자알 살아 내신 끝에서
"내가 언제 즐거웠지?" 하면 어쩝니까...

2. 말씀드렸던 인정입니다. 본성, 본능, 언어, 절제, 약속,

사람.. 이것을 실천하시는 분들.. 사실 모두가 당연히 하기로 하는 것이죠. 그렇지만 편의상 하는 거짓말도 있고, 절대 하지 말잔들, 어느 누가 완벽할까요.

왜인지 한없이 얘기하자 하면, 설득받자 하면 끝이 없을 것이고, 그렇게 많은 말들을 다 하고 살 수도 없을 거예요. 그러니 웬만한 인간의 본성적인 것 앞에 누구도 완벽하지 못하는 것이기에...
남의 거짓말 앞에 너무나 불신이라는 배신의 상처로 안지 마시고, 인정으로 어우러져 살아요.

(설득) 자신을 위한 남을 포장하기도, 인간적으로 살기 위해서일 것입니다.

3. 여자 경찰관분요, 여성의 신체와 남성의 신체의 능력치는, 여성을 집어던지고 해 보자 해도 불가능이요, 신의 영역에 내미는 무모한 도전이 아닙니다. 신체에 능력치가 아닌 인권에 있는 평등입니다. 그러기에 여성 경찰관분이 좀 더 안전하실 수 있기를 바랍니다.

*사람을 사랑하기.. 이것은 분명 직업에, 신분에 관계없이 누구나 해야 하는 숙제라고 생각합니다. 세상 앞에 처한 그것이 사람이라면 누구든 어쩌기 어려웠을 것이라..

운마저도 가져 내신 강한 분들이시라면..
시민 그들에게 인정을 베풀어 법과 사람 그리고 사회의
평화를 지켜 주세요. 노고에 항상 감사드립니다.

-여자 경찰분께 드리는 편지-

대단하시고 멋지십니다. 잘하고 계신답니다.
여성이라는 성은 이미 특별한 특혜를 받은 것과 같습니다.
무얼하든 좀 더 섬세하고, 좀 더 늘 사랑스럽습니다.

그런데 팩트는!! 그것을 알고 있다, 모르고 있다.
그 차이는 여성+향기의 농도와 같다.
그것을 뒷받침하자면, 사랑스러움, 이것은 묻히거나,
바르거나 만드는 게 아닌 뿜는 것이다. 뿜뿌~!!
내가 그렇다는 걸 알아야 뿜을 수 있다는 것 또한 팩트 !!

잘하는 여성은 늘 잘해야 하고,
강한 여성은 늘 강해야 하고, 사랑스러운 게 제일 쉽고
편하고, 자연스러울 것입니다. 아무튼 잘 안 꾸미시기에,
그렇듯 사랑스러운 자신임을 아시기를..

모두 잘 살아 주셔서 멋지시고,
감사하고 대단하시단 지지를 드립니다.

의미 있고 가치 있게 살겠다, 어울리며 살겠다, 함께
살겠다, 그렇게 사랑받으며 필요한 사람으로 살겠다란
그런 의지들로, 대한민국에 경찰 되어 주셔서 감사합니다.

활동적이고, 위험하기도 하고, 개인의 감정이나 이익보다
정해진 룰, 무거운 사명, 일반적인 직업에 비해 굉장히
하나하나 남다른 직업을 선택하여 노력으로 오신 만큼,
결국 시민들과는 다른 입장이며 위치에 계십니다.

자리에 선 당신이 계속 아름답도록 이해로써 배우며
자신과 그것들 지켜 나가시기 바랍니다.

사랑합니다.
당신을 응원합니다.
항상 감사합니다.

35. 욕

욕이란 말 다음 언어인 것.

욕이 나쁘다는 편견을 버리고 생각해 보자.
나쁘다면 왜 나라마다 있겠는가..

욕이 없다고, 상상을 해 봐라.
그래서 있지 않을까...

그 또한 언어일 뿐인 것을 상처나 막장에만 연출시키지 말고 지성인으로서 그 또한 언어로서 소통의 방법 정도로 바라보자.

욕 속에도 진심이 들어있을 터, 말을 못 배운 상대의 속내를 우리는 듣기에 쓰고, 내뱉기 전엔 나를 수양하는 데 쓰며, 터질 것 같은 속엔 가스활명수로 쓰자.

사람은 감성적 동물이므로 함부로 남발하여 남의 감성에 책임을 뒤집어쓰지 말라..

36. 가족

모든 관계는 지내기가 나름이기에, 가족 관계서부터
시작할 수 있도록, 하늘이 의도함에, 그렇게 세상은
마련됨이 아닐까 싶다.

가족이란 모르면 가르쳐 주고, 틀리면 알려 주고, 내가
기쁜 것을 함께 나누려 하고, 슬픔도 같이함에, 아주 많이
틀리지 않은 것은 자연스럽게도 보아 주고, 반드시
잘못됨이 아니면 서열을 맞추어 따르며, 그렇게 세상에
함께하라.

이 다양한 세상이기에 많은 보통이라는 잣대들이 있지만,
나와의 연관으로 그런 것에 자신만을 챙기지 말고,
그렇다고 예뻐만 하는 것이 사랑이 절대 아님을 알 것인데,
어느 것이 그리 쉬우데, 사랑은 내가 주었다고 그것이
그렇게 대단한 것이 아니다.

사람은 그렇게 쉬운 것이 아니므로, 대단한 사랑을 주고
싶거든 대단스러울 만큼 맞춤으로 주어야 한다.

세상과 세상을 살지 말고, 사람과 세상을 함께 살라 하라.

37. 부부

앞글자와 뒷글자가 같고, 그것이 합해진 단어로서, 부부는 말 그대로 같음이다.

내 땅은 네 땅, 네 땅도 내 땅. 지금 선 곳에 함께 서 있음이다.

절대 서로를 마주 보지 말길..
함께 같은 곳을 보기로 하는 것에 아주 중요한 별표, 돼지꼬리를 남긴다..

이 넓은 세상에, 이 많은 사람 중, 무조건 내 편이 한 명 있다는 것.. 정말 부럽다...

어른이 돼서는 자기만이 최고라며 살 수 없다. 그런 서로에게 최고라고 여기어 주며, 그렇게 나 외에 편을 얻어 진정 좋은 친구로 갖아 갖길...

서로의 오랜 부재들을 공유하고도 또 알아도 주는...
그렇게 부부는 오래될수록 서로에게 귀한 친구이기도
하다.

정말 좋겠다..

38. 결혼

결혼은 상대의 아픔과 부족함을 내 것처럼 대할 수 있을 때 하라. 나를 대할 때와 같듯, 그것들을 안타까움으로 대할 수 있겠거들랑 하라.

나보다 가정이라는 것이 더 대단키로, 그러기 위해 내가 더 받들기를 그런 수고로움도 단단케 들거들랑 그때 하라.

39. 시간

시간은 누구에게나 흘러갈 뿐,
기다려 주지도, 머물지도 않는다…

누구에게나 지나쳐야 하는 시간은
참 외롭겠다..

시간아,
너와 같은 입장인 분이랑 놀아…ㅠㅜ

40. 독재

무식한 양심들이
'민주'라는 외로운 이름 아래 헤매이고 있다
독재가 필요한 때이다.

스스로 만들어라.
독재의 존재를..

41. 학교

학교의 정체? 학교의 근본

'학교라는 곳은 왜 있는 걸까?'
'왜 학생은 학교에 가야 할까?'

배울 필요가 없는 것 같은 것인데 왜 반드시 다녀야 하고 공부를 강요받아야 할까? 만족스럽지 않은 것엔 늘 스스로 따지기를 결국 이해받으라.

학교라는 곳은 왜 생겼을까?

세금을 내는 엄마 아빠들을 위해 온 아이들의 시간을 소요시켜 주는 것일까. 대개로 결혼해서 가정을 갖고 아이가 있을 것이니 누구에게나 해당될 법한 세금에 대한 혜택 같은 걸까. 아니면 아이들을 위해서 공평하게 배울 수 있도록? 아니면 정부라는 곳이 모두의 의식을 절제시키는 건 아닐까?

학교라는 곳이 생긴 이유는 뭐이며 취지는 무엇인가. 돈 많은 집에서 더 훌륭한 선생으로 더 엘리트적인 수업을

가르칠 수 있다라면 그 아이는 학교에 다니지 않아도 되는
걸까, 라면 답은 아니다라고들 알고 있을 것이다.

'나를 위해 하는 공부라는데 내가 왜 공부를 못 하면
부끄러움을 받아야 하는가.'

또 '나라는 사람이 왜 성적순으로 평가받아야 하는가'라는
질문 또한 해 보았을 것이다.

학교 다니는 것이 불만인데, 이런 질문조차 갖아 보지
않았더라면 그 아이는 자신이 불만하는 것에 대한
표현이나 고민을, 아니면 만족하는 법을 배워야 할 것이며,

사람은 발과 다리가 있어 어디든 갈 수 있고, 말을 할 수
있어 누구에게나 그의 영향력을 미치기 때문에, 이 세상
분명 나 혼자가 아님에 국가와 사회에 따라야 하는 의무가
있고 그렇게 사람으로서 다 함께 어우러 내야 하기
때문이다.

또한, 성적순으로 평가받는 이유는 그때에 해야 할 것을
마땅히 잘 해내야만 어느 때에도 마땅하지 않겠는가 하는
사회적 시선이며, 그러기에 성적이 미래 현실에 적용되는
것은 응당한 야기이다.

물론 학교 외에도 세상은 전부 배움의 장소이다.

그렇지만 학생의 본분이 아니고서야, 또 선생님이 아닌
세상이라는 실전에서 생존이 아닌 인간으로서 배움까지
갖추기란 쉽지 않겠는 만큼, 들어야 하는 애라면 보상이
있어 보람이 있는, 또 그것이 마땅하며 아름다울 때에
또래와 함께 자연스러운 애를 들여라.

세상을 모험함으로써 귀한 자신을 던져 배워 내려
하기보다 자신의 때와 세상이 적절할 때에 어울려 내시길
바란다.

필자는 다운 아름다움이 제일이라 생각한다. 그러므로
사람은 사람다운 것이 제일 아름답다.

부모는 부모답고,
아이는 아이답고,
선생은 선생답고,
여자는 여자답고,
남자는 남자다운,

자신과 자신의 본분이 자연스럽게 아름답도록, 자신의 아름다움을 포기하지 말고, 세상에 지지 않으며 살아 내길 바란다.

(행복이 반드시 성적순은 아닙니다만^^;;, 확률이 안정적이고 매우 높아집니다...) 그러므로 학생은 학생답기로, 열공하세요~!!

당신의 인생과 아름다운 자세를 응원합니다. 파이팅~!!!

42. 죽음

사람과 어우러져야 하고, 세상에도 속해야 하고, 주제, 분수에도 따라야지만, 어떤 죽음이든, 이곳과 작별하는 데는 불과 3분 50초의 시간입니다.

늘 자신을 관찰하고, 자신을 위해 낮추며 어우러지길, 남과 세상을 배우며 그렇게 온전하도록 자신을 다웁게 지키며 사십시오.

인간은 일정 고통 이상은 견디지도 못하고 죽습니다. 무한의 보따리인 사람이.. 고통에 단련시키면 찰흙 같은 영원 같은 시간 속에 갇혀 죽음의 고통도 초월한 고통들을 가슴에 품고들 삽디다.

빈방 안에 무언가를 하지 않으면 그곳에 무엇이 저절로 생긴 답디까?

이 세상을 한 사람 머리로 다 알려 하지 마시고, 순리를 따르시고 인간답기를 진정 자신을 위해야 하며 또한 아름답기를 다워 내시며 살아 내시길, 제 글을 보아주시는 독자님을 친구로, 편을 들어 파이팅을 선물합니다.

이 세상이란 곳 잠깐 사는 것뿐이니, 지지 말아야 할 것에 자신들을 양보하지 마시기를, 같은 세상사는 친구로서 바랍니다.

뭣이나 두렵습니까? 다 언젠가는 누구나 맞이하는 죽음이겠지만, 아무도 모르고 나 혼자 쓸쓸하게 간다면은 누구나 그것은 싫기에 두려울 것입니다.

짐승은 고기를 남기고, 사람은 이름을 남긴다고... 그래서 사람은 어울리기를 포기해선 안 되며 서로의 친구를 노력해야 합니다.

개인의 꿈보다 중요한 인간의 사명일 것입니다.

누구든 피할 수 없는 죽음이고, 그것은 언제 나를 덮칠지 모르기에, 늘 누군가와 진정한 친구가 될 수 있도록 자신을 노력하십시오. 좋은 세상.. 먹고살기보다 멋있게 살아 내십시오.

이땅 작은 세상에 지지 말아야 할 것에는 지지 않는 강한 마음의 힘, 그런 친구를 바라기에 시각을 나눕니다.

죽은 사람은 말이 없지만 죽음 그것, 비유하자면 출산의 고통과 비슷할 것이며, 찰나에 지나지 않습니다. 죽음은, 신이 준 선물 중 하나입니다. 죽음을 편으로 두시기 바랍니다.

사는 것 같이 사십시오. 사람이니 사람으로서 다운 자신을 지키며 사십시오.

세월은 정처 없지만 세상에서 자신은 늘 자신이 지켜내셔야 하며 부디 자알 사시기를 바랍니다. 모두가 행복합시다. 그 놈의 늘 씹어야 하는 파이팅을 선물합니다.

다음 세상 분명히 있고, 이곳에서 자알 살아 내시어, 더큰 다음 세상에선 당신을 맞이해 주는 친구로서 그들을 맞이하십시오.

돌아옴으로 돌려받지 마시기를 바랍니다.

사랑합니다...

43. 좋은 세상의 비법

사람이 사람답기를 노력하고
그것이 될 때...
그제야 정말 좋은 세상이 될 것이다.

좋은 사람—솔직한 자신을 마주하고,
그것을 늘 용기 있게 드러내는 사람.

44. 이름

이름이란,
인간스럽기로 누구라는 사실에 책임자일뿐,
자신이 장난이 아니라면,
배우가 되지 마라.
출연진으로 자신을 가벼이,
그렇게 자신을 대하지 말라.

45. 신용카드

신용카드, 많이 만드십시오.

혹시 모를 대비를 위해, 신용을 챙기고, 신용의 향상을
위해 신용거래를 함에 신용카드들을 많이 쓰시죠,

또 물론 편리하고도, 작은 혜택들이 있잖습니까? 꼼꼼히
따져 보아 일상에 적용한다면, 유용한 것으로 알고
있습니다.

그런데 '신용카드를 두세 장 이상 갖는다면 신용에 좋지
않다'라는 말씀들 많이 들어보셨죠.

신용카드를 가지는 것은 신용에 전혀 관계가 없습니다. 단,
요즘 옛날과 달라 신용카드가 기한 내에 발급할 수 있는
개수가 한정으로 되어 있는 것으로 압니다.

신용카드란 어떤 수익금이 발생하여 내가 쓴 돈을 길지
않은 후에 지불하는데, 이런저런 혜택들을 들고 주며 비싼
광고들을 다투어 하는 것일까,

필자 생각엔 신용카드의 소지 개수에 대한 얘기는
이런저런 혜택들을 서로 경쟁해야 하는 카드사로부터
내려온 말들이 정보인 듯 나도는 것 같습니다.

어떤 정보를 구하실 땐, 물론 구하시는 입장이시지만도
그러기에 더욱이 또 함께 조심하실 것은 자신입니다.
입장의 환경과, 관련이나 관계를 먼저 확인하시고
구하십시오. 자신을 안전하게 두자는 데는 결국 자신의
긴장감이 제일 건강하며 좋습니다. 또한, 사회도 더욱
건강해질 것이라 생각합니다.

카드 발급하는 데 있어 '신용등급 조회 자체가 많이 하면
신용등급에 악영향을 미친다'라는 말은 전혀 개의치
마시고, 신용카드 회사들의 혜택을 잘 살펴보고 다양하게
만들어 쓰십시오.

어떤 기회에 좋은 혜택을 신용으로써, 또 만약을
대비하고자 등급을 향상하는 데에는 필자 생각에, 각
회사별 등급이나 합산을 보는 무엇들이 있겠기에, 제일
좋기로는 실상 유용할 혜택을 먼저 따져 챙겨 두시고, 그
외에도 고정 지출이 적도록 거래를 터 놓으십시오.
(ex. 연회비가 없는 카드)

건강한 신용 활동이 좋습니다, 파이팅!

46. 정형화

이러면 이렇다 저러면 저렇다 정형화하는 버릇.
이는 분명 사람 이상의 개체가 사회의 편리함과 이익을 위해 이를 주도하는 것 같다.

우울한 일에 우울한 것은 병이 아니다.

고로, 여러분.. 의사는 의술을 행하여 돈을 버는 사람입니다. 의술로 돈을 벌기 위해 남들 놀 때에도 공부를 했어야 하셨을 것입니다. 그러니 의사에게 너무 서운한 마음 갖지 마시고 자신을 위한 공부를 항상 게을리하지 마십시오.

좋은 인연만 만나시길 바랍니다.

47. 손해사정사

보험료 지급에 대한 시비가 발생 시 손해사정사를 많이 찾아들 가시죠. 손해사정사가 크게는 두 부류로 나눠져 있다고는 하나, 그것은 드러나지 않게 이기 때문에, 필자의 소견으로는 한 부류로 보입니다만.

어쨌든 말씀드리고 싶은 것은, 손해사정사를 가게 되시면 건강에 대한 보험으로 시비가 붙은 것이라면 과거 병력에 대한 얘기는, 어디가 아팠었다는 유치원적 때의 얘기도, 불필요한 것은 어떤 정보가 될 말씀도 삼가시는 것이 좋으시며, 또한 보험 계약 내용과 관련이 있을 위반되는 사항에 대해서도, 절대 얘기하지 마시기 바랍니다.(그냥 해당 사건에 대한 얘기만으로 상담받으시길 추천합니다)

시비가 붙었기에 손해사정사를 찾아가시겠지만, 그 또한 가서 한번 발설하고 나면, 서운케도 단일 내 편이 아닐 수 있기에 두드려 보십시오.(두드려 보시는 방법으론 조금 답답을 하더라도 개인정보를 발설치 않으시며, 선상담을 받아 보시는 것도 좋을 것 같습니다)

자신은 자신이 지켜 내야 하고, 그래서 늘 배우기를
게을리하시면 안 되시며, 해서 이 놈의 세상이 조금은
어려운가도 싶지만, 어려움이 없다면 즐거움을 알기도
어리석은게 사람이기에 그저 파이팅만을 선물합니다.

48. 숙제

끝이 멀다고 한다면
스스로도 옳은 것을 배우고
받아들 들이려 하겠지만,
어렵고 힘이 든 만큼
늘 끝을 마주한 듯한 자신이라고 여기는 것이
또 숙제이다.

49. 깨진다는 것

깨진다는 게 무언지 아시는가? 자신이 스스로 해오던 거짓.. 그 거짓들이 모두 제자리로 돌아가는 것..

그래, 자네에게 다시 한번 세상 앞에 서 볼 기회가 주어진 것이지. 무언가를 정말 내어 놓고 다시 얻은 기회래야 귀한 줄을 아실 텐가.. 아님 또 어떤 재해석으로 마침표를 찍으려 하실 텐가? 이리 왔듯, 또 그런 선택을 하려는 겐가?

그렇군.. 어쩔 수 없지 않고서야 끝이 없던 당신은 늘 어쩔 수 없는 것에서만 마주봐 왔겠지? 그래서라네. 자네가 비겁하고 야비한 이유.. 하나를 보면 이미 그 속을 알아보는 나에게 증거를 따져 물으면 사실 누구도 변명의 여지가 있질 않네..

그래, 자신을 좀 보시게.. 싫은 만큼!!!! 똑바로 보시게... 보기도 싫은데 똑바로 보면 어떻겠나? 끔직히도, 그 못되고 고약한 성질이 돋을 정도로 자네를 보기가 싫겠는가?

그럼 꼭 매우 보기 싫어해도 반드시 보시게. 그리하면
되었네. 사실 싫기가 그만큼이면, 그리 싫던 자네와는 이제
손절하고 앞으론 다른 자네가 되면 그분일세..

누구든 용서할 줄 아는 것도 용기이고 더 멋진 나 자신을
찾는 것이라네. 그리하면 또 다른 자네이네.
그뿐이라네..

익은 벼가 도대체 왜 고개를 숙였을까..

진짜로 상대해야 이겨 봄도 사실이고, 그리하여 진실로
익을 수도 있고, 거짓하지 않고 진짜와 마주하며 살아 본
사람이라면.. 많은 분야와 이 많은 다양함 속에, 몇 가지로
나누어지는지는 잘 모르겠으나, 하나는 알고 있네.

나 역시 그러므로 고개를 숙였다네.

50. 성공한 사람 vs 실패한 사람

성공한 사람이 줄 수 있는 게 도전 방법, 전술,
노하우라면..

실패한 사람은 이해, 교훈, 그리고 버리는 일과 지우는 일,
아픔을 철저하게 치유하는 일.

51. 한번이 흐트러지면

한번이 흐트러진 사람.

어떤 사람이 한번 흐트러지기까지는 누구든 쉽게 흐트러지지 않겠지만, 한번이 흐트러진 사람은 모든 것에 속수무책이다.

그리고 나 역시도 한번이 흐트러져 버렸는데, 모든 것들 앞에 너무나 나약해진 내 감정들이 너무나 많은 나 같지 않은 생각들을 도마 위로 올려 고민하게 했으며...

나는 나를 잃지 않으려고 대수롭지 않은 것들 앞에서도 늘 필사로 버둥거려야 했다.

52. 아이, 그냥 내가 제일 빠르다이

짧은 명언 한 문장도 제각각이 해석이 다르다.

우린 분명 같은 교과서에 수업을 모두 모여 배웠을 것인데,
남과 다르다고 해서 틀린 건 아니다???

그래서 한글을 제각각의 사연으로 재해석하여 갖진
않았을지...

나를 위해줄 옳음,
검증된 세 상것을 배워 나를 정답에 가까이 두자.
막막한 남과 세상.. 그보다 나를 변화시키자.
그것이 제일 쉬울 것 같으니까..

53. 눈물도 흘려도 되는 때가 있다

울어도 되는 때

이렇게 해 보고, 저렇게 해 보아도 되지 않음에, 안 해 본 것 또한 더는 방법이 남지 않고도 최선을 다한 탓에 주저앉아 버린 경우라면.. 내 노력에 허무함, 그 노력을 달래주기 위해, 그때는 맘껏 우셔도 됩니다.

그렇지만, 다시 서셔야 합니다.

죽을 때까지, 숨이 끊어지기 전까지, 자신을 위한 노력은 선택하는 것이 아니기에, 그저 파이팅만을 선물합니다.

● 울고 나면 시원해지는 감정을 해소시켜 버리는 눈물이기에, 괜찮지 않다면 흐르기를 허락지 말고 붙잡아 내시어, 자신을 관리하십시오.

그저 파이팅만을 바랍니다.

다시 시작하기는 생각보다 어렵지 않습니다. 어쩔 수가 나를 일으키기 때문에, 대한민국 공무원은 그래서 더

응원을 드릴 수밖에 없겠고, 세상이 좋은 세상이면
사람에게 어쩔 수가 많이 줄지 않겠습니까?
모두에게 파이팅을 선물합니다.

대한민국을 사랑합니다.
대한민국을 응원합니다.

54. 잘못이 되돌아 오는 이유

잘못하고 사과하지 않는 사람은,
자신에게로 가져 갖는 사람이다.

55. 악마는

악마의 실체

악마는 천사가 되는 거다.

56. 필자만의 생각 - 정의

약하면 악해진다.
악하면 지는 거다.

강해야 선을 행할 수 있으며
선을 지키기 위한 악은,
악이 아니다.

강인 것이다.

57. 나의 소중한 사람에게

시간은 가고 있고,
정처 없을 세월이기에..

후회 없을 만큼 살아 버려,
아름답길 바란다.

이 사랑하는 나의 사람아..

58. 비나이다..(기도)

어떤 기도가 통하는지 아시는가..

남이 자신 대신 자신의 무언가도 내어 놓을듯,
그런 간절한 자세와, 진심으로 바라 주는 순수한 기도에
하늘은 소리를 기울인다네..

그 갸륵한 정성이 하늘에 감동으로 닿으면..
하늘은 응답을 주신다네..

친구를 사귀어야 하는 이유기도 할 것일세.

사람이 사람과 어울려야 하는 것은
결국 신이 사람에게 준 모두의 숙제인 것이며,
고로 이 세상은 공짜는 없다는 것일세.
모두에게 공평하다는 것은 이런 얘기인 것일세.

모두 행복하십시오.
진정 사랑합니다..

-이끝순 드림-

59. 운이 지킨 사람

운이 지킨 사람—
운이 지킨 사람은 상상을 초월하지…

60. 벌레

누구나 비슷한 의식의 그 벌레. 벌레는 어찌? 모두
싫어할까...

도움 되는 것이 없고, 소통도 되지 않기 때문에...
또 생김새도 이유이다.
그래서 통 큰 남자들도 무섭다고도 한다.

필자의 경우, '그래, 이것은 무서워해도 되는 것이니
무서워하기로 하자.' 하며 최면을 걸듯 방치했더니
어느새 공포가 되어 있었다.

특정 공포증인가?
사람은 벌레에 대한 혐오감이 느끼는 방향으로
진화됐을까...
학습된 관점일까.

벌레 혐오와 공포는 다른 것 같은데 이런 심리적 상황이
다른 사람들도 동감인지...
아마 내가 어렸을 적 극심한 불안 공포를 괜찮다고
참아냈던 것이 벌레만 봐도

끔찍하게 놀라는 것일지.

여자인 나 자신을 챙기듯 결정지어 둔 것이 여느 날
어느샌가, 무서움이 아닌 공포와 같듯, 두려움으로 대하고
있던 나를 발견하였다는 것을 꼭 얘기하고 싶다.

우리는 성장하면서 각각의 경험들로 혐오와 공포, 불안도
학습되는듯.

61. 나의 넋두리..

받아들이는 버릇을 길러 주지 않는다면,
받아주길 바라는 버릇이 든다..

알지..
그런데 내 말은...

도대체 왜 이리 단순한가 말이다..

사람들 마음이 나인듯...
내 마음으로 같은 마음이듯 받들기로 품고서
하염없이 끌려만 다닌다ㅜ
나에게만 단호했기에 결국 나만이 갖는다.

내가 있는... 곳은 어디냐..
고독한 땡볕, 아니면 비바람, 눈보라만 친다.
어떻게 이런 날씨가 있냐.. 이게 세상이냐..

이렇게도 해 봤고,
저렇게도 해 봤고,
그렇게도 해 봤고,

무조건도 해 봤고,
반대로도 해 봤고,
따라서도 해 봤고,
정말 연구도 해 봤고,

미친 듯이 반복도 해 봤고..

끝도 수없이 가 봤지만.. 그런 적은 없다 하고,
이래도 한세상, 한 많은 인생사..(노래 가사 따옴)
답이 없다고 하고 싶어 죽겠는데...

노력은 내 것인 것 같고,
작게는 나은 것도 같고,
조금은 되는 것도 같고,
분명히 필요한 것만 같고,

그렇다고 적당히를 모르는 나는 탈진 상태다...
무겁다 한들 내려놓을 수 없는 지금
쉬운 일보다 버리는 일들을 찾아 나서자.

62. 힘이 들 때

세상과 사람.. 또한 그들이 어우러져 있을 법한 것들에
대해 너무나 빠른 판단으로 스스로의 성장판을 닫지 마라..

세상뿐 아니라 나에 대해서도 죽을 때까지 최선을 다해
배우기로 하여도 모자랄 텐데..

어려운 것에 마주했을 땐 스스로를 점검해라.

'안다'라고 생각하고 있는 자기 자신이 방해되고 있는 건
아닌지...

63. 힘이 들 때..(사람)

살면서 우리가 받는 상처는 사실 대게는 나의 잘못이다.

우습게도 내가 받았는 줄 알았던 상처가 사실 내 잘못이 냈다는 거...

그러니 상처받고 싶지 않은 만큼 스스로 잘못을 하지 말아야 할 것이 아니겠나.

거창하게도 사람이 변하면 죽는다든지, 혹은 사람은 죽기 5분 전에야 변한다든지 그런 말들을 핑계로 든 자신에게 변화하는 것에 대해 대부분 반사적으로 거부하기에, 또 그것을 이유로 자신의 잘못을 지나치려 하겠지만 사실 우리는 늘 변화를 받아들이며 그 변화 속에 살고 있다.

내가 틀렸다는 것을 인지했을 때 바로 나의 잘못이라는 걸, 스스로, 단호하게 인정만 하면 그뿐, 아마도 그것이 전부일 거다.

후천적 학습에 의한 자동적인 반사 행동인지는 모르겠지만 스스로가 진정 “틀렸네”, “내 잘못이네” 한다면 시간이

걸리더라도 스스로 체크하여 끝내는 고쳐 낼 것이라
생각한다.

당장에 그것을 고쳐 내야겠다 한다면, 잘못이라고
여겨지는 그것을 들고 자신을 아주 된통 호되게, 야단치면
된다, 싫어하면 된다.(맷집 좋은 사람을 조심하자)

자신을 자신이 컨트롤하지 못하면 세상 그 누구라고
자신을 들어 낼 수 있겠는가. 그렇기 때문에 잘못했다는
사과도, 진심이라는 말도, 노력했다는 말도, "진짜?"라는
반문이 필요 없는 단어이다.

(주로는 손뼉이 마주쳐 소리날 때가 많기에 한쪽에서만
변화된 모습을 찾으려고 하지 말자.)

그러기에 말이라는 건 항상 아주 정확하게, 그리고 당연히
갖아야 하는 세상을 살아가는 데 있어 필수 구성 중
기본적인 지참 과제이다.

생각은 음성 없이 하는 자신과의 대화라고 생각한다.
그러니 생각 또한 스스로 단디 챙겨야 하겠다.

생각은 자신이 듣는 소리 중 제일 큰 소리를 가졌다.

자신이 틀렸다고 생각한다면 끝내는 고쳐 내는 이유 중 제일 높은 순위에 있으리라 하는 추측은, 자신을 위해서인 것을 깨달은 옳고도 정당한 행복 추구일 것이다.

그러므로 누군가 나빴다면 누구나 자신을 뒤져 보면 있을 것이다.

알았지만 깨닫지는 못했던 무지로 인해 나 역시 나빴던 적을 떠올려 인정으로 챙겨야 할 사람은 챙기고 살았으면 좋겠다.

결국, 그 세상이 내가 살고 있는 나의 세상이기 때문에 그 또한 분명 자신을 위함이다.

64. 힘이 들 때 (변화를 노력 중에)

어떤 것을 깨달아 알고, 그것을 자신한테 대어 보길.
변화하기로 한 노력 중에 어려움으로, 그것으로 인해
자신을 자학한다든지 자괴감에 빠트리며 그렇게 자신을
포기하는 놀이에 놀고 자빠져 계시지 않길 바란다.

감정... 누구에게나 그것은 게임으로 치면 mp와도 같은,
사람에게 있어 그런 에너지인, 그 자신의 생각이 갖는
감정인 것을 가지고 스스로가 자신을 무력하게 만들지
않길 바란다.

실패는 할 수 있다. 사람이기 때문이다.
그렇지만 뻔한 그런 사람짐승으로 자신을 두지 않길
바란다.

포기하지 않음은 아주 중요한 포인트다.
가슴 한 가운데 두 속을 포개어 대고 지긋히
눈을 감는 것도.

뭐든, 누구든 죽기살기로 해내야 뭔들 건져지지 않던가?
자신을 진지하게 대하길 바란다.

그래도 자신에게 변화가 필요하다는 것을 깨닫고
인지함에, 자신으로부터 변화하고자 하는 마음, 자신의
의지가 의도함으로써 목적했다면, 도전으로 노력하길.

절대로 어쩔 수? 불가피함이 아니었다는 것 또한 자신이
알 것이기에, 게으른 마음이 핑계하길 중도에 자괴감
따위를 들고서 성급한 단정으로 중도에서 하차하지 말아야
한다.

그런 것들은 몹시 중요한 버릇이며, 또 그렇게 습관으로
가지게 된다.

자기 자신을 자신이 컨트롤 못 하는 인간짐승이 된다면,
결국 그것들을 남에게 끼치며 살게 된다. 의존을 탓으로
하며 말이다.

자신을 방어하고자 한 그 의존과 탓이 심해지면, 자신도
모르는 새에 그것을 방어하던 새, 자신의 성 안에
갇혀 버린 자신을 발견하게 될 수도 있겠지만, 자신이 좀
괜찮다고 해야 살 수가 있는?? 그것이 사람이기에..?
하여간 무엇 때문에 얼만큼을 돌아 왔는지에 따라 결국
세상에 돌아가 합류하지 못할 만큼의 사람이, 자신이
되어 있으면.. 아니되지 않겠는가.

진정한 자신에 대한 자존심을 스스로 갖춰가며 갖길
바란다.

누구에게나 변화란 쉽지않은것이다. 왜냐하면 여태의
자신을 부정하는 단호함을 스스로 갖추어야만 그때서야
자신을 만나기 때문이다.

그러므로 변화란 누구에게나 쉽지 않은 것이고, 그것을
하고자 하는 데 힘이 드는 만큼은, 여태 그리 두었던
버릇과 습관으로 인한 것임을 인식하며, 실패할 수도
있으나 아닌 것 앞에 자신을 방치하지 않기로...

반복을 계속하게 됨에는 또 더 단단한 의지와 다짐으로
자기암시를 더욱 단호하게, 결국은 해내기로 해야 한다.

습관이나 버릇에 상대하는 제일 좋은 방법은 역시
습관이나 버릇이 제일이다.

그리고 어려운 그것을 포기하지 않는 시도 속에,
다행스럽게도 이미 그것을 당신은 함께 습득해 나가고
있음이다.

그렇지만 필자의 노하우로서 또 조금의 방법적인 도움을
드리자면, 반드시 필요한 변화기에 그것을
노력하는 중인데 자꾸만 어려웁다면, 그보다 조금 낮추어
어렵지 않은 것으로 변화의 시도를 함께 하라.

해냈다는 인식은 수많은 말보다 강한 응원이며, 그런
자신을 먼저 습관과 버릇으로써 갖는 자신의 리듬과
원동력이 되어 줄 것이다.

그러니 부디 자신을 자신이 놓치지 않기를 이 끝순이는
그런 당신을 응원하며 그리며 고대한다.

65. 힘이 들 때(자괴감) 개 조심보다 나 조심.

누구나 자신이 힘들다면 아마 뒤돌아보기도 할 것이다.

다른 무엇도 제쳐 두고 힘이 든 중이라면 어쩔 수 없었던 것에 무척이나 힘이 들었던 때를 방황하고 있을 수도 있다.

반성하는 삶은 살 필요가 없다는 소크라 오빠의 말에 전적 동감하지만, 힘이 들 적에, 무척이나 많은 힘이 들 적엔, 자신을 위해서, 생각을 아주 조심해야 한다.

사람이란 생각이 전부일 수 있다. 어느 만큼 자신이 알 거다라는 확신은 금물.

힘이 든다는 것이 무엇일까? 힘이 무어며, 든다는 것?

압력의 무게를, 어려움의 무게를 견디는 데 온 힘을 자신을 집중하고 있다는 중의 자신이라는 것.

그러기에 생각이 이성적이지 않고, 보통 때를 아는 자신이래도 현재는 그와 같지 않은 자신임을 반드시 인식에 두어야 한다.

미련은 늘 위기를 동반하며, 그 시간이란 기회는 늘 누구에게나 한 번뿐이기 때문이다.

66. 어른의 자격, 그 무거움

어른의 자격, 그 무거움…

자신이라는 소보다 상황이나 남에게
대를 부여할 수 있는 사람.

다 말할 수 없는 처지를
덤덤히 지낼 수 있는 사람.

67. 어른의 의무

공정한 계산기,
냉정한 줄자는 늘 필히 가져 지닐 것.

조금은 다정한 시선으로
항상 배우려고 하는 관심으로 보아줄 것.

꾸준하게 바라볼 것.

관련이 있을 세상의 모든 것엔
책임감을 갖고 알려고 할 것.

자신의 손길이 닿는 것에 대해 책임감으로써
좋은 세상으로 인도할 것.

68. TV나 영화보다

사실 의무이지 않은가 한다.
드라마나 영화를 좋아하는 이들에게.

항상 모든 것을 연출해 주는 TV에 익숙을 두기보다,
부모님이나 주위 사람들의 인생의 장면들을 직접 찾아
많은 경험을 해 보아라.

사람과 사람이 어울리기는 누구나의 숙제이고 깊고, 귀한
드라마가 될 수 있고, 사람이란 연출과 주인공의 역할에는
내공이 만들어지기 시작한다.

69. 돈돈돈

남과 세상을 더불어 살기 위한 위한 필요적 수단.
세상에서 취득하여 가질 수 있는 일종의 메달로 보여진다.

그렇지만 그 돈은 눈이 없기에 주인을 가리지 않고,
그것이 귀하지 않을 사람 어디 있고 마다할 사람 또한
어디 있겠가마는..

절대 그것이 최고가 되어서도, 또한 최종이 되어서는
안 된다.

사람은 돈을 만들고
돈은 다시 사람을 만드는 것 같다.

70. 돈, 쓰임

어떻게 버는가보다 쓰는 것이 중하다 생각하지만, 대부분 소비성향이 어떻게 번 돈인지를 따라간다.

---〉 돈은 자신을 완성시키는 데 쓴다.

71. 살다가 너무한 사람을 마주치면

살다가 문득
너무 한 사람에게 마음이 무너질 땐,

왜냐하면 사람은
나 자신이 어느 정도 괜찮은 사람이라고 해야
살 수 있기 때문이라고..

가슴에 반창고를 드립니다..

피할 수 있다면 액땜으로 수습하십시오.

72. 악하기를 선택한 이

만약.. 내가 사랑하는 이가 악하기를 선택하여 행하고 있다면, 스스로도 선택해야 합니다..

나와, 또 나와 관계된 모든 것 vs 사랑의 무게를 두고.. 십자가에 매달린 부처가 될 것인지, 떠날 것인지를요..

만약 '평생을 나는 돌부처로 살 수 없겠다' 하신다면, 발걸음을 재촉하여 떠나십시오.

어차피 그는 당신이 위해 줄수록, 좋을수록, 더욱 그런 사실.

편리를 위한 현실을 늘 자신에게로 들고서, 그것을 알고 있는 당신과는 늘 멀어질 거예요.

나쁜 게 나쁜 이유라고 보시면 맞습니다. 모든 것을 다른 사실로 빚습니다.

한 사람이 세상을 살고 가는 시간은 한정적입니다.

사람이 사람 주제에 사람을 동정하다니… 능력을 앞서는 마음은… 그 무게로 모든 것이 가라앉을 수도…

73. 다 필요 없더라

다 필요 없었어.

해도 되는 것, 할 수 있는 것, 하면 되는 것, 하고 싶은 것, 해야되는 것, 믿을 수 있는 것, 믿고 싶은 것, 믿어야 할 것, 믿기로 하는 것, 믿어지는 것, 좋은 게 좋은 것, 싫은 것은 싫은 것, 싫어도 좋은 것, 좋아도 싫은 것.

그의 답은 이러하다.

내가 좋아하는 좋은 것.
내가 싫어하면 싫은 것.

자신의 그릇 용량도 검토해 보자.

74. 선택해서 하기

뭐든지 선택해서 하십시오.

내 의지가 아닌 것도 무엇이 들려 옴에는 그것을 고민하는 것은 본인 여건이겠지만, 반드시 응답을 함에도 선택을 하고 하셔야 합니다.

그래야 어떤 경우든 자신의 것이 있습니다.

남 탓, 세상 탓해 본들 내 하루, 내 인생 아닙니까.

내가 귀한 만큼 아직도 실전의 세상을 누구나 겪음에 필요한 것은 장착하길, 주제보다 사실과 현실에 비중을 두어, 자신을 만들어 내시기 바랍니다.

마땅한 것이, 어찌도 정당하기를 저에게는 없었는 것을 다독이시듯 제 책을 보아 주시는 분께선 반드시 늘 괜찮고, 만족하시며, 평안하시기를 바라며 진실과 진심의 응원드립니다.

사랑합니다.

75. 그때를 고백하려거든

쉽게 시간이 지난 그때를 고백하지 마라.

특히나 이런 고백은 신중하길 바란다.
ex)"사실은 너를 위한거였어."와 같은.

그 말이 나옴에 동시, 그간 그것에 대한 보상이 함께
만족스레 주어지지 않는다면...

---〉한 번의 거짓말보다 신의를 잃게 할 배신과 불신의
감정으로 자극될 수 있다.

76. 금사빠의 이유는 무조건 앞서는 나의 노력

나는 마주 바라본 관계에선 무조건 백을 주고 시작했다.

작은 수라도 남겨 가지면 바로 샘을 재며 돌아가는 어깨 위에 머리라는 놈 때문에..

그렇게 되면 당연히 다를 수밖에 없는 것들을 무기 또는 방패로 들어가며 시작되는 실타래가 나는 싫었기 때문이다...

77. 좋아한다 vs 사랑한다

좋아한다는 것은 네가 나를 충족시키다.
사랑한다는 것은 내가 너를 충족시키다.

마음이 아름다우리.
세상은 더 더 아름다우리.

78. 거짓말[1]

거짓이란 사실과 다른 것은 모두 거짓이다. 그러므로
사실과 다른 말을 한다면 그것은 거짓말이다.

거짓말은 기본적으로 존중이 빠졌기에 무조건 나쁜 것이라
생각한다.

선의의 거짓말이란 없다. 주관적인 입장이며 의견일 뿐.

사람 사이에 모든 관계에서는 친구 사이가 기본적인
것일진데 존중은 진심으로 지낼 기초 중의 기본적인
것이다고 여긴다.

그래서 선의의 거짓말[2]이란, 없다. 올바른 거짓말[3]은 있다.

그렇지만 거짓으로 하늘마저 속이려 하진 마라. 사람이
개는 돈을 주고 사지만, 모든 것을 살피시는
창조주이신 만큼 능욕에 대한 죄는 아주 처참할 것이다.

---

1 거짓말 -> 사실과 다른 것, 진심 노답
2 선의의 거짓말 -> 어설픈 배려를 장착한 단독범행의 이기
3 올바른 거짓말 -> 절대 안 걸릴 각오로 해냄

79. 화살받이

내 아름다운 진심은 늘 미움과 온갖 아픔들의 화살받이일 뿐이다.

얼마큼이나, 견디고 수고해 보아도…
늘 혼자인 내가 갇힌
이곳은 도대체 어디인지
어쩌다 이 억지스러운 진심을 들고서
이리 사는 건지..

자꾸만 나보다 남들이 가깝고 무겁게 느껴지여
혼란스럽지만.. 나에게 있던 수평 기준을 너를 위해,
우리를 위해 최선으로 잡아 본다.

아무리 고된 시련도 아픔에도 무의식적으로 오르고 있는
나를 발견할 때마다 이 길 끝에 네가 없다는 것을 알지만,
나도 모르게 내 것인 듯 지니고 있는,

이 수고의 무게....
이 처참한 서러움..
모든 것이 짓눌려 버린 힘에 겨움....

내가 떠났을 때 눈물마저 남기지 않고 먼지처럼 사라질 수 있다면…

80. 내가 진짜 화나는 이유

나에게 나쁘고 있는 너에게...

나 화가 나기 전에,
왜 그러는 줄 알겠는 것이...
늘 내 감정보다도 더 빠르게...
그렇게 이해를 해 버리고 안타까운 것이..

사실 내가 진짜 미치겠는 이유야..

81. 공존

오답이 있어 정답이 있고,
어둠이 있어야 빛이 드러나듯,
반드시 함께 공존한다.

그렇지만 우리는 왜 옳아야 할까.

잘못된 것은
모든 걸 얽히게 하고, 늘 답을 비껴가게 한다.

어떤 것을 풀자 하면,
또는 배워나가는 중,
잘못된 그 하나가 모든 수고를
무너트리기 때문..

나 하나가 특별하지 않은 만큼 별나지 않게...
잘나지 않은 만큼 튀지 않게..

그저 있듯 없듯,
같은 진심을 가진 이와
진짜를 나누며 나 살다 가고 싶었다.

누가 맞고 틀리고,
옳고 나쁜 것을 떠나,
나는 받아 키워왔던 사랑이던가?

단지 어울리고 나누며,
함께이고 싶었는데..

돌아올 수 없는 길...
그들은 왜 떠나갔는지..
아무리 불러 봐도 메아리만 이 들리어 온다..

82. 가슴의 내성

아픔도 인생의 한 과제이다.

아픔을 들여다보아야 하는 이유..

나 보기를 돌같이...
상처를 허락하고 내어준 가슴..
더욱 돌처럼 단단해지길...

가슴이 상처엔,
내성이 없다는 것을 모르고...

83. 비교평가

면밀히 남을 살필 땐,
그렇게 자신에 대해서도,
모든 것을 따로 각.각.

객관적 시점에서 채점하고 평가하기.

아는 만큼 보이고,
보는 만큼 배우며,
배운 만큼을 또 보더라마는...

84. 여자의 이해가 필수인 이유?ㅋㅋ

여자의 용서는 의무라더라…

〈아들아, 이런 여자를 만나거라〉 글에서 퍼옴

“이해심 있는 여자를 만나라.
화낼 땐 내더라도 다시 용서해 주는 여자를 만나라.
여자가 용서해 주지 않으면 안 쫓겨날 남자 하나도 없다.”

→ ㅋㅋㅋㅋㅋㅋㅋㅋㅋㅋ
이해와 사랑으로 안자.
결국 여자는 남자와,
남자는 여자와 살아 내야 한다.
ㅋㅋㅋㅋㅋㅋㅋㅋ
근데 너무 웃기지 않아요?
아이고.. 배꼽이야..;

85. 당연하다고 받는 사랑.

당연히 그렇게 해야 하는 사람은 이 세상에 없다. 그대들은 얼마나 받은 대로 그것을 당연하게 갚았는가?

엄마가 차려 주는 밥상이든, 안 사람이 차려 주는 상이든, 무엇이든 당연하게 받으면 어떤 귀한 것이든 당신이 모든 값에 가치를 덜어내는 배신을 하는 중인 것이다.

이런 것은 누구에게나 해당된다.

특히 남과 남이 만나 가족을 이루고 사는 부부 관계일수록 더욱 얘기해 주고 싶다. 아내는 남편이 주는 생활비는 당연하고, 내가 해 주는 노동만을 세지 말자. 그는 물질을 준 것이고 나는 인생을 줬다는 착각도 하지 말자.

어머니가 차려 주시는 밥상은 의무도 아니고, 당연한 것이 아니다. 그럼 왜 차려 주시겠는가. 아버지의 그것 또한 마찬가지일 것이다.

이것을 안다면 그것을 그렇게 받겠는가 싶어, 그리고 어찌 그들이 서운하다 할까 싶어, 그들을 대신해 얘기한다..

당신을 위하는 자신의 말이 진심으로 당신을 위한 것이기를.. 그런 가치가 있기 위해 한결같은 도리를 다해 온 것이라고..

사람은 분명히 변화 속에 살고 있고, 사람은 선하다. 정말 너무나 간절히도 믿는다..

86. 사랑

모든 사람이 자신이 사랑을 경험한 줄 안다. 그러나 사랑은 그렇게 쉬운 것이 아니다. 그러니 사랑을 경험을 해 본 사람도 있을 것이고 못 해 본 사람도 있을 것이다.

왜냐하면 사랑은 기본적으로 '자신보다'라는 희생을 담고 있기 때문이다. 고로 사랑은 귀하고 값지며.. 귀하고 값지기에 아무나 그것을 만나기란 쉬운 것이 아니다.

사랑은 나보다 '더'라는 것, 그를 위해 나를 덜어 주는 것, 자연스럽기를 위해 나를 주는 것, 그 사랑이 싱싱하도록, 지켜 주는 것이다. 그래서 혼자 하는 사랑은, 일방적인 사랑은, 그 무엇도 절대 아름답지 않다.

신은 누구의 아버지도 아니기에, 자신을 먼저 사랑함의 진리를, 우선순위를 지켜내길 바란다.

사랑 그것은 욕심으로 하는 것이 아니다. 또한 계산적인 이성으로 하는 것도 아니다. 사랑은.. 감정+가슴으로 하는 것이다. 그러므로 아무나 하는 것이 아니다..?

저의 책의 내용들을 늘 수시로 들고 이해로 갖아, 값지고
모든 것의 가능성이 되어 줄 그 에너지인 사랑을 할 수
있는 순수한 자신으로 마련하길 바란다.

사랑... 그것은.. 노래를 얘기하듯, 사랑하라.

사랑은 순수하다.. 즉, 좋은 사람만이 할 수 있는 것이다.
사랑을 할 줄 아는 사람과, 또 그가 만나면.. 그 곳이
어디라해도 마냥 천국 일 것이기에 두려움 없이 함께하는
그 무엇이든 확신으로 이루리라.
반듯이 행복을 이루리라 꼭!

그것을 주고 싶다...

87. 나의 과제 중에

부모님께 받았던 사랑을 기대하는가..
아니면 한정 없어진 주제로 끝이 없이 자라난 욕심이던가..
모두가 불행한 자신이 되어 한없는 모가 솟아 있다..

사람이 누구와의 만남이든 반드시 따라올 예정된
이별인데, 기회 속에 최선도 아닌 성실마저 넘어선
주제들로 현재는 서로 간의 만남에도 자신의 이익과
감정으로 그것들을 정하고, 불만으로 불행해한다.

얼마나들 방자함이 지나쳤던가..

사실 속의 주제에 자리해야만 그것들이 옳고,
이렇게도 저렇게도 하기에, 그 많은 것들을 거치도록
그 자리에 그들을 잡아 주고 싶다.

내가 어디까지 해낼 수 있을까.. 탈진 상태이든 무어든,
포기할 나는 아니다.. 벽에 머리 처박고 죽고파도..

이런 의도와, 의지와, 또 목표와 바람들이 엉켜 숨 막히게
어렵고도 목이 조여와도 그렇지만 포기를 모른다..

집밥을 먹다 어느 날 외식한 호텔 밥 그것을 추억도 기쁨도 아닌 고통으로 이어진다면 어이해얄지...
완전한 자신의 것이 아님에 그것에 대한 것을 자신의 부족한 주제로 불만하며 다시금 채근한다.

좋은 일이나 경험을 마주하는 자신을 체크하길 바란다.
아마 누구나가 갇혀 있는 신기한 지금 세상의 분명할 이유 중 하나일 것이다. 그들을 같이 풀어 내고 싶다..

올바르게 두어야만 경험과, 그렇게 자신의 진전과 완성이 있다. 게 눈 감추듯 숨지 말고 멋있는 자신으로 득템하길 소망한다. 파이팅!!

사랑합니다. ^^

88. 나의 결함

나의 결함을 친절하게 말해 주는 사람을 놓치지 말라?
소크라 오빠가 했던 말 같은데... 그 시대에 그랬는지
몰라도, 필자의 생각은 전혀 다르다.

사람이 아니라, 나의 결함을 친절하게 말해 주는 그 말을
조심해야 하며, 그 말을 절대 대수롭지 않은 것으로
받아들이면 안 된다.

그리고 그 말을 들음에 바라보는 역시 나를 제일 조심해야
할 것이다.

필자는 조금 남다른 환경 탓에 많은 용기를...? 아무튼
나같이, 나만큼 귀한 사람에겐 쓴 얘기는 쓰게 해 줬다.
아니 사실 그것은 이 세상 같이 사는 사람으로서의
도리이고 우정이라 생각한다. 그래서 필요하면 욕도 막
해줬다.(모두를 위해 딴에 엄청 베푼 것이다--) ㅋㅋ

감정적인 자신으로부터 분리가 되어야만, 그제사 어른이
됐다 할 수 있다. 어른이 됐다는 건, 어떤 자신이고 싶다,
그것들을 노력으로 가져 낼 준비가 되었다는 것이다.

진정 자신이 원했던 자신과 진실로 진심으로 이 세상을 의미 있고 당당하게 걸었으면 좋겠다. 후퇴는 많이 다른 함정의 길을 스스로 앞에 펼쳐 무수하게 갖는 것이다.

계속 전진을 할 수 있는 행보를 추천한다. 그러므로 늦게 가는 것에는 크게 개의치 마라.

죽을 때까지 최소한 자신에 대한 최선의 노력, 그것은 선택하는 것이 아니다.

그래.. 그런 우리의 삶의 노고를 알기에... 우정을 도리로 알고, 혼자서도 모두를 바라보며 걸어온 이만큼에...
얘기하는 나의 진심을 부디 받아 그대가 꼬옥 갖아 주길 바란다.

사실은 함께로서 그린 것이었지만 말이다. ㅎ

사랑합니다..
당신을 응원합니다.

-당신의 친구, 이끝순 드림

NOTE

당당하게 걸어라, 그 길도 길이다

1판 1쇄 발행 2023년 05월 31일

지은이 이끝순

편집 이혜리 **마케팅・지원** 김혜지

펴낸곳 (주)하움출판사 **펴낸이** 문현광

이메일 haum1000@naver.com **홈페이지** haum.kr
블로그 blog.naver.com/haum1007 **인스타** @haum1007

ISBN 979-11-6440-371-4 (03810)

좋은 책을 만들겠습니다.
하움출판사는 독자 여러분의 의견에 항상 귀 기울이고 있습니다.
파본은 구입처에서 교환해 드립니다.